KB185798

저자: 조연호

청소년기부터 고전 문학에 심취했고, 대학 시절 노벨문학상 수상 작가들의 작품에 심취하며 폭넓은 독서를 했다.

마을 만들기, 지역문화 만들기, 통일 운동, 다문화 및 청소년 분야를 가리지 않고 활동하는 시민활동가였다. "글 쓰는 일이 활동"이라는 새로운 모토로 2018년 『4차 산업혁명과 자치분권 시대』를 집필한 후, 인문, 사회, 기술 등 분야를 가리지 않고 지식과 정보를 종합하는 작업을 이어가고 있다.

노벨문학상과 관련한 글쓰기는 2020년부터 구체화되었다. 오랫동안 노벨문학상 수상 작가들의 작품을 탐독하며 노벨문학상의 트렌드를 포착했고, 동아시아, 특히 경제력과 함께 문화 리더십으로 부상하는 한국의 작가들에게도 기회가 있을 거라 보고 노벨문학상과 관련한 글을 연재했다.

이를 바탕으로 도서출판 센시오에서 『노벨문학상 필독서 30』(2023)를 집필했고, 이어 『뉴베리상 필독서 35』(2024)도 집필했다.

작가 한강 읽어보기

Deep
Insight

작가 한강 읽어보기

발행일 | 2024년 12월 20일
글쓴이 | 조연호
펴낸이 | 윤준식
표 지 | 유민정
펴낸곳 | 도서출판 딥인사이트
출판신고 | 제2021-59호
주 소 | 서울특별시 성동구 아차산로 113 삼진빌딩 8125호
전 화 | 010-4077-7286
이메일 | news@sisa-n.com

ISBN | 979-11-982914-3-1 (02810)

CONTENT

책을 펴내며

발행인 윤준식

2024년 10월 10일, 대한민국의 작가 한강이 2024년 노벨문학상 수상자로 선정되었습니다. 한국 작가 최초의 노벨문학상 수상 소식에 언론은 연일 대서특필했고, 국민의 관심은 작가 한강의 작품과 문학에 쏠리기 시작했습니다.

한강의 작품들은 인간 존재의 근원적 취약성을 직시하면서도, 그 속에서 피어나는 생명력과 저항의 의지를 포착해 냅니다. 폭력과 고통의 현실을 끌어안으면서도 그것을 넘어서는 인간성의 가능성을 모색하고 있습니다.

작가 한강의 저서가 갑자기 많이 팔리기 시작해 품절대란, 인쇄대란이 벌어져 출판계, 서점계, 인쇄업계에서 소동이 벌어지기도 했습니다. 한강 신드롬은 여기에서 그치지 않았습니다. 작가의 작품과 세계관이 대한민국의 현대사를 조명하다 보니 이념논쟁이 벌어지기도 했습니다.

이 책은 한강의 노벨문학상 수상을 기념하여, 그의 문학적 여정과 성취를 되짚어 보고자 하는 시도입니다. 작가가 걸어온 길을 따라가며 어떻게 세계적인 문학의 경지에 도달할 수 있었는지를 이해하기 위함입니다.

　　　이 책의 저자 조연호 작가는 꾸준히 노벨문학상 작가의 작품을 읽으며 노벨문학상 트렌드를 포착해 왔습니다. 한강 작가의 2016년 맨부커상 수상 이후, 2020년 이후 한국 작가의 노벨문학상 수상 가능성에 주목하며 노벨문학상 관련 글쓰기를 진행해 왔습니다. 2020년 인터넷신문 「시사N라이프」에 「노벨문학상 그대로 읽기」 23회의 연재를 진행했고, 2023년에는 더욱 다양한 세계 문학을 소개하기 위한 「문학 한 잔」 시리즈 24회 연재, 이어 2024년 가을에는 「작가 한강 읽어보기」 연재를 시작했습니다.

　　　이 책은 한강의 주요 작품 5편과 단편집을 다룬 「작가 한강 읽어보기」 연재물 여섯 편을 토대로 구성했습니다. 이 책이 작가 한강을 보다 쉽게 읽고자 하는 이들에게 이정표가 되길 바랍니다.

「노벨문학상」 한국 최초 수상자 '한강'

작가 한강

1970년 전라남도 광주시 중흥동에서 태어났다. 아버지는 소설가이자 시인인 한승원 작가로 『아제아제 바라아제』 등과 같이 영화로 제작된 작품 등을 쓸 정도로 유명한 작가이며, 따라서 한강이 어린 시절 아버지의 영향을 많이 받았다는 것을 알 수 있다. 아버지는 딸에게 광주민주화운동과 관련한 이야기를 자세히 해줬고 어릴 때부터 광주의 슬픔을 공감하며 자란 작가는 『소년이 온다』라는 작품에서 광주의 맺힌 한을 직접 서술하기도 했다.

연세대학교 국어국문학과에 진학했고, 1993년 대학을 졸업한 후에는 출판사 「샘터사」에서 근무했다. 어린 시절부터 작가인 아버지의 영향을 받고, 전공도 국문학, 이후 직장도 출판사에 다녔으니, 작가가 되지 않았다고 하더라도 책과 관련한 일을 할 수밖에 없었을 것이다.

「맨부커상」을 수상하고, 이어서 「노벨문학상」을 수상했으니 당연히 소설가로서 더 알려졌지만, 실제로 작가는 시인으로 먼저 등장했다. 1992년 연세대학교 국어국문학과 4학년 때에 「연세춘추」가 주관한 「연세문화상」에서 시 부문, 「윤동주 문학상」을 수상했고, 1993년 「문학과사회」 겨울호에 『서울의 겨울』 등 시 4편을 실어 시인으로 등단했다.

다음 해 1994년 「서울신문 신춘문예」에 『붉은 닻』이 당선되면서 소설가로 활동하기 시작한다. 이후 글쓰기에 전념하기로 한 작가는 첫 소설집 『여수의 사랑』을 출간한 후 직장을 그만두고 글 쓰기에 몰입한다. 전업 작가로 나선 한강은 이후 꾸준히 작품을 집필했으며, 이런 노력의 대가로 2007년부터 2018년까지 서울예술대학 문예창작과 전임교수로 임용돼 후학을 가르치기도 했다.

작가의 작품은 대중적인 작품은 아니다. 가장 유명한 『채식주의자』는 기분 좋게 책을 손에 쥐고 읽으려하는, 독자의 독서욕을 감퇴시키는 책이기도 하고, 소재나 주제 또한 국내에서 쉽게 접할 수 없는 작품이기도 하다. 하지만 국내와는 다르게 해외에서는 관심을 받아 2016년에 『채식주의자』가 영어로 번역되어 영어 문학권에 작가의 책을 알리는 계기가 되었다.

높은 작품성을 인정받아 2016년 5월 17일, 아시아 최초로 영국의 「부커상 인터내셔널 부문」을 수상했다. 아울러 이 책에 수록되어 있는 『몽고반점』은 2005년 심사위원 7명 전원일치 평결로 「이상문학상」을 수여할 정도로, 전문가들에게는 신선한 작품으로 인정받는 작품이었다.

이때부터 한강은 한국을 대표할 수 있는 기대 작가로 알려졌고, 이후 여러 국내 문학상을 수상했다. 그리고 마침내 2024년 한국 최초의 「노벨문학상」 작가로 선정되었다. 참고로 『채식주의자』와 『아기 부처』는 영화로도 제작되어 상영되기도 했다.

한국 최초의 「노벨문학상」 수상자 '한강'
왜 한강이어야 했을까?

김대중 대통령 이후 또 한 명의 노벨상 수상자가 나왔다. 대통령이 남성이었다는 점을 고려할 때 여성 작가의 수상은 더 의미가 있다. 아시아 최초 여성 수상자라는 기록도 남겼는데, 2016년에 수상한 「맨부커상」도 아시아 최초 여성의 수상이었다.

2010년대부터 「노벨문학상」은 여성과 남성이 번갈아 수상한다. 2000년대 이전에는 여성 수상자의 수가 손가락으로 꼽을 수 있는 수준이었는데, 이후에는 여성 수상자의 비율이 늘어나고 있다. 한강의 수상에는 여러 가지 이유가 있다.

첫째, **작품성**이다. 일단, 「노벨문학상」은 작품의 수준이 높지 않으면 수여하지 않는다. 한강의 작품은 국내 평단에서도 인정했듯이 수준이 높다. 실험적이고, 그 소재와 주제 의식이 대중이 선호하는 작품은 아니더라도 작가 소설의 수준은 절대 폄하할 수 있는 창작품이 아니다.

둘째, **진보성향**이어야 한다. 이 부분은 「노벨문학상」이 폄하되는 이유기도 하다. 어쨌든 진보적 성향이 있어야 한다. 알프레드 노벨이 인류에 이바지한 자에게 수여하라는 유언에 따라, 진보라는 말이 가진 '발전'이라는 의미를 계승해서, 「노벨상」의 기준은 보수보다는 진보에 기준을 둔다. 진보의 기준은 여러 가지가 있을 수 있으나, 일반적으로 소수자들을 대변한다면 진보적 성향이 있다고 한다.

한강은 작품에서 기득권을 다루지 않았다. 더 정확하게는 기득권을 골리앗으로 본다. 그리고 골리앗에 저항해서 물맷돌을 돌리고 있는 다윗을 지지한다. 권력이 무너지면, 새로운 권력이 생긴다. 작가는 새로운 권력에 대해서 어떤 생각도 드러내지 않지만, 현 권력에 대한 생각은 확고하다. 「노벨문학상」 수상 이후, 대통령실의 환영을 거절했다.

셋째, **번역의 힘**이다. 「맨부커상」은 영어권의 대표적인 문학상이다. 다시 말해서, 영어로 번역되지 않았다면, 한강은 국내 작가로 마침표를 찍어야 했을 것이다. 한강의 「맨부커상」 수상은 「노벨문학상」을 예약해 놓은 것과 다름없었다. 아시아 여성작가, 진보성향, 대중적이지 않은 글 쓰기 등은 「노벨문학상」 심사위원들이 눈여겨 볼 수밖에 없는 요소들이었다.

넷째, **국력**이다. 대한민국의 경제력은 세계 10위권이다. 조금 과장해서 말하면, 한류는 세계 문화의 주류이다. 그런데 지금까지 「노벨문학상」 수상자가 나오지 않았다. 인구가 많은 중국과 인도에서 수상자가 나왔고, 80년대와 90년대를 지배했던 일본에서도 2

명의 수상자가 나왔다. 그리고 모든 아시아 수상자가 모두 남성이었다는 점을 고려할 때, 한강이 서 있는 좌표는 굉장히 유리했다.

마지막으로 한강의 작품은 「**노벨문학상**」 **수상자 여성 작가의 트렌드**를 따르고 있다. 2022년 아니 에르노의 작품은 민감한 개인의 치부를 문학적으로 승화시켰다. 이 작품으로 작가는 프랑스 최초 여성 수상자가 됐다. 그 이전인 2004년에 수상한 엘프리데 옐리네크도 외설인지 예술인지 모를 작품을 써서 평단을 당혹하게 만들었지만, 결론은 「노벨문학상」 수상자가 됐다.

한강은 이들의 작품을 읽었을 것이다. 한강의 작품은 세계문학의 트렌드에서 벗어나지 않았다. 앞서 말한 작가들과 비교해서 더 자극적이지는 않아도, 우리나라 정서에서는 받아들이기 힘들만큼 충분히 도발적인 이야기를 펼치고 있다.

"시는 언어의 본질"

『채식주의자』를 「맨부커상」 이후에 접했기 때문에 기대를 많이 하면서 읽었는데, 큰 자극이 없었다. 제목만 보고, 혹은 "국제적인 상을 받았으니까 내용이 좋을 거야"라는 기대 속에서 작품을 읽었다면, 불편함을 느꼈을 것이다. 실제로 주변에서 작품을 접한 지인들의 평가도 다르지 않았다. 필자는 불편한 느낌은 없었다. 더 불편한 작품도 많이 접했으니까.

그리고 한강의 작품은 최신 트렌드를 반영하고 있다. 개인을 억압하는 사회적 권력 혹은 집단 권력에 대한 저항을 반영한 작품이었다. 그래서 한편으로는 식상함을 느끼기도 했다. 그러고 나서 문득 "대한민국 최초 「노벨문학상」을 받는다면 아마도 한강이지 않을까"라는 생각도 동시에 들었다.

모든 작품은 작가의 경험 위에 창작이 결합된 상태라고 할 때, 작가의 삶은 절대 순탄치 않았을 거라는 생각이 들었다. 그래서 조금 더 마음을 열고 작품을 읽을 수 있었다. 그 순간 보이는 게, 언어였다. 독일이 낳은 세계적인 철학자 마르틴 하이데거는 "시는 언어의 본질"이라고 말하면서 시야말로 언어의 절정이라고 극찬한다.

작가가 작품 『채식주의자』, 『소년이 온다』, 『흰』, 『희랍어 시간』 등에서 보여준 언어는 시어였다. 시인으로 먼저 등단한 작가답게, 시와 산문을 실험적으로 섞어서 자신의 글을 압축적이면서도 풍성하게 서술했다. 산문과 시어가 섞인 작가의 작품은 두께는 두툼하지 않아도, 쉽게 읽히는 책은 아니었다.

시어와 산문이 섞인 표현은 독자로 하여금 좀 더 생각하게 한다. 독자가 책을 읽으면서 대충 건너뛰면 아쉬움이 남고, 작품을 제대로 이해할 수도 없다. "책을 읽는 행위가 작가와의 대화"라고 할 때, 건너뛰고 읽는 게 많아질수록 작가와의 대화는 부실해진다.

한강의 작품을 읽으면, 압축된 언어를 통해 내 인생을 돌아보게 되고, 내일을 생각하게 된다. 그러는 동안 작가는 조용히, 독자에게 아픈 삶, 부조리한 삶, 슬픈 삶을 담아 차분히 이야기 해준다. 그 이야기 속에서 독자는 인생의 애환을 생각하고, 한국 사회의 부조리함을 떠올리고, 인간답게 살아가지 못하는 인류를 생각한다.

좋은 글은 여운을 준다. 그래서 읽고 난 후 많은 생각을 하게 한다. 그리고 감동을 준다. 황순원의 『소나기』의 위대함은 비가 오면 늘 아름다운 소년과 소녀의 사랑을 떠올리게 하는 작품이라는 데 있다.

굳이 여성의 삶이라고 하지 않겠다. 아직도 소멸하지 않고 우리 사회에 존재하는 전체주의의 힘에 억압받는 개인의 모든 삶을 떠올리게 한다. 그리고 억울하게 죽어간 생명, 하늘이 정해준 삶을 제대로 살지 못하고 태곳적으로 돌아간 이들을 기억하게 한다.

작가의 언어는 결국, 억압받는 자들에게 고개를 들라는 주문이고, 그 주문을 들은 자가 자각하고 기억하기를 바란다는 메시지를 전달한다. 시어는 이해할 수 있는 자들에게는 지침이 될 수 있지만, 이해하지 못하는 자들에게는 암호가 된다.

"예수께서 이 모든 것을 무리에게 비유로 말씀하시고 비

유가 아니면 아무것도 말씀하지 아니하신 것은 다음과 같다. 천국의 비밀을 아는 것이 너희에게는 허락되었으나 저희에게는 아니 되었나니 저희에게는 비유로 말씀한다고 하셨다."

시간은 멈추지 않는다

2007년 장편소설 『채식주의자』

한국 「노벨문학상」 최초 수상자는 작가 한강이었다. 「맨부커상」을 수상했을 때부터 한국의 첫 수상자는 한강으로 어느 정도 예정된 셈이었다.

「맨부커상」을 수상한 『채식주의자』는 최근의 세계적인 문학 트렌드를 반영한 작품이다. 개인의 개성과 특성을 집단적 힘으로 억압하는 세상에 대한 비판, 이와 관련해서 2022년 「노벨문학상」 수상자 아니 에르노의 작품 세계를 봐도 숨기고 싶은 개인의 생활을 작품화 시킨 작가의 실험과 과감성은 충격이라 할만하다.

개인적으로는 아니 에르노의 작품도 한강이 읽었을 거라 생각하는데, 여전히 개인이 사회 구조의 한 부속물로 억압받고 있는 현실을 표현해냈다. 2004년에는 오스트리아 작가 엘프리데 옐리네크가 「노벨문학상」을 수상했는데, 이때도 "포르노냐? 예술이냐?"는 논란이 있었다.

그러나 이 두 작가와 비교하면 한강의 작품은 파격적이라고 하기에는 조금 부족하다. 그러나 한강만이 가진, 문체의 압축성이 여운을 남게 한다. 작가가 자세한 설명을 생략했기에, 독자는 생각해야만 한다.

작품을 읽는 시선

작품은 세 가지 시선으로 바라볼 수 있다.

첫째, 여성작가의 정체성을 상징하는 '페미니즘'일 수도 있다. 『채식주의자』, 『몽고반점』, 『나무 불꽃』 세 편의 연작에서 작가는 등장하는 남성을 가부장적으로 그린다. 폭력을 행사하는 아버지, 아내를 하나의 인격체로 받아들이기보다는 본인의 성적 만족과 사회적 관념상 데리고 산다고 생각하며 주체가 아닌 객체로 취급하는 남편들. 작가는 유치하게 육두문자로 그들을 비판하지 않았고, 억압의 구조를 드러내 독자의 분노를 자아내게 만든다.

아내가 고기를 안 먹기에 손해 봤다고 생각한_먹고 싶으면 밖에서 사 먹으면 된다_ 남편은 그런 사실을 장인과 장모에게 알린다. 딸 가진 죄인이 된 이들은 사위한테 용서를 구한다. 그러고 나서 가부장적 피라미드의

최상위에 위치한 장인은 딸에게 폭력을 행사한다. 이후 남편은 이혼의 정당성을 인정받고, 아내를 버린다.

이런 작품의 전개를 통해 작가는 한국 사회 속 여성의 위치를 되짚었다. 2020년이 지난 지금도 여성의 지위는 남성 아래다. 여성권이 신장 됐다고는 하지만, 여전히 여성은 남성의 아래에 놓여있다. 작품은 그 이전의 시대를 다루고 있으니 조금 과장됐다고는 하더라도, 현실 속에서 충분히 일어날 법한 이야기다.

둘째, 사회적 관습, 관성, 통념에 대한 재고_再考_이다. 우리 사회의 관습과 관성은 무엇일까? 한국 사회는 유교주의와 편리주의가 합쳐진 유사 유교주의 사회다. 장유유서를 따지지만, 분쟁의 여지가 있을 땐 힘이 나이를 지배한다. 결국 힘이 없는 자가 얻어맞는다.

작가는 '영혜의 브래지어'를 언급한다. 도드라지는 유두. 노브래지어에 대한 남성의 시선은 크게 두 가지다. 하나는 정숙하지 못하다는 것, 그리고 다른 하나는 은밀하게 그 유두에 시선을 모은다는 것. 여성들은 어떨까? 불편함을 감수하면서 브래지어를 착용하는 여성들도 정숙함을 따지고 브래지어를 하지 않은 여성을 못마땅하게 본다. 비단 여성에 대한 부분만이 아니다.

마지막 연재작인 『나무 불꽃』에서 작가는 여성의 사회적 순응을 은밀히 비판한다. 결국 영혜를 정신병원에 보낸 사람은 남성이 아니었다. 그녀를 잘 아는, 언니였다. 같은 여성이 봐도 이해할 수 없었기에, 아니 처음부터 이해할 생각이 없었다. 이런 언니한테, 영혜는 한 마디한다.

"……왜, 죽으면 안 되는 거야?"

살아 있는 사람에게 죽음은 떠올리기 싫은 단어이다. 그러나 영혜는 식물을 본다. 죽은 고기를 씹어서 자신의 오장육부를 살찌우고 미각에 희열을 돌게 하기보다, 영혜는 햇빛만 받아도 살 수 있는 식물의 생존을 제시한다.

이 부분에서 우리는 그리스 신화의 하데스와 페르

세포네를 기억해야 한다. 죽음의 신과 대지 여신의 딸. 올해의 죽음 없이 다음 해의 꽃과 과수는 기대할 수 없다. 작가는 사회 속 관념과 관성 등을 죽은 고기라 명명한다.

셋째, 권력에 대한 도래하는 시간의 저항이다. 역사적으로 권력에 저항하는 방법은 봉기였다. 그 봉기의 힘이 약하면, 권력이 처참하게 일어나려고 하는 힘을 짓밟았지만, 봉기의 힘이 권력을 넘어서는 순간, 최고 권력자는 단두대로 향했고, 한국 사회에서도 하야, 죽음, 탄핵 등의 결과물이 나왔다. 물론 기존 권력자가 사라졌다고 해서 모든 게 바뀐 건 아니었다. 새로운 권력이 꼭 민중들에게 좋은 건 아니었으니까.

그런데 작가는 봉기라는 방법을 제시하지 않았다. 당장 권력자를 누를 수 있는 더 큰 힘을 모으자고 선동하지 않는다. 다만, "시간은 멈추지 않는다"고 되풀이한다. 『채식주의자』에서는 무자비한 가부장적인 권력과 폭력으로 인한 한 개인의 파멸을 다뤘다면, 『몽고반점』에서는 한 여성이 예술을 빙자한 폭력적인 예술가의 희락으로 소비되는 포르노를 보여준다. 외도,

부정을 저지르고서도 반성하지 않고, 자신의 예술혼을 인정해 주지 않는 아내에게 떳떳한, 자가당착인 남성의 모습을 보여준다.

『나무 불꽃』에서 비로소 작가는 자신이 하고 싶은 이야기를 쏟아낸다. 여전히 자신의 주체성을 찾기보다, 남편, 자녀, 여러 상황에 속에 자신을 놓아야 편안함을 느꼈던, 그러다가 문득 그 위치가 잘못됐다는 걸 깨닫기 시작한 한 여성의 고민을 통해, 완성되지 못한 저항을 읽을 수 있다. 완성되지 못했기에 작가는 '시간'을 가져다 쓴다. 멈추지 않는 시간을 통해 시간이 더 흐른다면, 바뀔 수 있을 거란 소망을 담는다.

생태주의 목소리:
고기를 먹는 것, 인간의 이기심과 탐욕이다

영혜는 처음부터 채식주의자가 아니었고, 끝까지 아니었다. 그녀는 고기를 안 먹을 뿐이었다. 그런 그녀를 사람들은 채식주의자라고 규정한다. 채식주의자는 육식을 하는 사람과 다르지 않다. 자신의 욕망_다

이어트, 건강한 몸 등_을 위해 개인적으로 선택하는 것이다. 어차피 죽은 식물을 먹는다는 의미에서 고기를 먹는 사람과 크게 다르지 않다.

영혜의 회피는 죽은 것들에 대한 회피이다. 고기를 먹는다는 것은 피를 머금은 동물을 먹는다는 의미다. 그 피 맛을 즐기면서 인간은 만족한다. 아울러 살을 찌우고 근육을 만드는 데, 고기는 좋은 영양을 공급한다. 나의 근육과 몸을 위해 다른 생명체를 죽이고 먹어 치운다. 이기적인 탐욕이다. 그리고 이런 탐욕을 위해서 인간은 돈을 벌고, 권력을 추구한다.

미래학자 제레미 리프킨은 그의 책 『육식의 종말』에서 지구 환경오염의 최대 주범은 소와 돼지를 먹는 인간의 식생활이 문제임을 증명했다. 살아있는 생명을 죽일 수 있는 타당성이 인간에게만 있을까? 없다. 다만, 인간이 그 타당성을 억지로 발견하고 정당성을 부여할 뿐이다.

그래서 채식주의자는 일방적인 사회적 관념이며, 편견이 된다. 이런 편견에서 벗어나 작품을 읽으면,

생태주의자가 된다. 영혜는 점점 말라가면서 체중이 30킬로까지 줄었다. 주변 사람들의 우려 섞인 말에 영혜는 대답한다.

"밥 같은 거 안 먹어도 돼. 살 수 있어.
햇빛만 있으면."

이전에는 '무의미'였더라도 앞으로는 '의미'로

작품은 갈등을 봉합하지 못한다. 영혜는 이혼당했고, 가족과 멀어졌고, 결국 사회로부터 분리되어 격리됐다. 그녀를 이해할 수 있는 사람은 아무도 없었다. 가장 가까운 사람들부터 그녀를 외면했다. 그러나 배신감을 느끼지 않는다. 원래 인간은 그런 거야라고 말하며 모든 상황에 순응한다.

조금 오래전으로 돌아가 보자. 독일의 법학자 칼 슈미트는 '노모스_nomos'를 말했다. '정해진 공간', 조금 의역하면 '표준'이라고 할 수 있다. 표준은 전체적으로 볼 때, 문제없다. 그러나 개인적인 공간, 이념, 사상 등을 제한한다. 우리가 살아온 집단은 집단의 유지를 위해 개인을 제물 삼는다. 한강은 이런 전체주의적 잔재를 청산하려고 한다. 그러나 아직 역부족이다. 단지, 고민이 시작됐을 뿐이다.

"그녀는 살아본 적이 없었다. 기억할 수 있는 오래전의 어린 시절부터, 다만 견뎌왔을 뿐이었다."

작가는 한 여성의 인생을 판별한다. 생명이 있으나, 살아본 적 없는 여성의 삶. 그리고 나서 결론을 내린다. "이 모든 것은 무의미하다"고. 그러나 여기서 말하는 무의미는 이전 삶에 대한 것이다. 앞으로의 삶에 대한 변화 의지를 담고 있다.

양심의 소리, 소년을 기억하자!

2014년 장편소설 「소년이 온다」

시대적 배경은 5·18 광주민주화운동을 시작으로 이어진 무도한 신군부의 암울했던 군정기이다. 작가는 이 시기에 초등학교를 다녔다. 잘 알려지지 않은 이야기, 그러나 대한민국에서 광주 이야기를 모르는 사람은 별로 없었을 것이다. 제대로 알지 못해 왜곡된 정보만 갖고 빨갱이라고 손가락질하는 사람도 있었을 것이고, 작가처럼 조금 과장된 정보를 안타깝게 받아들인 사람도 있었을 듯하다.

개인적으로는 전자보다는 후자가 훨씬 낫다고 생각하지만, 둘 다 진실은 아니다. 작가는 광주 이야기와 이후 벌어진 암울한 우리 정치사를 다루면서 '기억'을 강조한다. "소년이 온다"는 죽은 자가 다가옴을 의미한다. 국가의 총이 어린 소년을 하늘로 보내버렸다. 그 소년이 온다는 건 불가능하다. 그래서 반어법이다. 작가의 말은 "소년을 기억하자!"일 것이다.

살아남은 자의 슬픔

통념적으로는 살아있는 게 죽는 것보다 낫다. "개똥밭에서 굴러도 저승보다 낫다"라는 속담이 있을 정도니까. 그러나 작가는 살아있는 게 더 어렵다고 말한다.

"살아남았다는, 아직도 살아 있다는 치욕과 싸웁니다."

숨 쉬고 있는 게 치욕이다. 내 가족이 죽었고, 내 친구가 죽었고, 내 동료가 죽었다. 그런데 나는 살아남아 있다. 슬픔, 애환, 비통함, 분노가 그의 삶과 생활을 뒤덮을 것이다. 그런데 왜 치욕이 덧붙여졌을까? 그것은 슬픔과 비통함도 분노도 자유롭게 표현할 수 없기 때문이다. 마음의 억울함을 그들은 안고, 총을 든 군인 앞에 굴욕적으로 무릎 꿇어야만 했다. 그러니 치욕스러운 것이다.

자유를 잃은 시민은 어떤 힘도 모으지 못하고 거대한 권력의 폭력 앞에 숨죽여야만 했다. 작가는 암울하게 이 시기를 덤덤하게 작성해 나간다. 일거수일투족이 감시당하는 감시 사회 속에서 사람들은 쉽게 동요할 수 없었다. 동요는 곧 사회로부터 격리였으니까. 강제로 끌려가 고문당하고, 거짓 자백을 받아 내는 군인들의 탈인성적 행위는 인격을 가지고 사는 사람이 감당할 게 아니었다. 인간답지 못하게 사는 인간은 살아도 산 게 아니다.

국가의 존재 이유

국가의 존재 이유는 간단하다. 국민을 보호하고, 국민의 안녕과 번영을 돕고 지원해야 한다는 필요가 국가를 발명했다. 물론 고대의 국가와 현대의 국가를 비교해 보면 국가의 필요나 역할이 다르다고 생각할 수 있지만, 오늘날 우리가 인식하는 국가의 개념이 점차 발전해 온 것을 따져보면 그렇다. 그럼에도 동서양을 막론하고 과거와 현재를 포함해 국가에 대해 간결하게 정리하면, 백성을 잘 보살피고 외적으로부터 보호하는 것은 국가의 기본적인 의무다.

그러나 대한민국 근현대사의 일부는 그렇지 못했을 때가 있었다. 1961년 제3공화국부터 1987년 새로운 헌법이 다시 개정될 때까지 약 30년에 가까운 기간, 국가는 국가가 아니었다.

쉬운 개념으로 이야기해 보자. 가정에는 부모와 자

녀가 있다. 우리는 이들을 가족 구성원이라고 하고, 여기에 무게를 실어 '최소의 공동체'라는 표현을 사용했다. 부모는 당연히 자녀를 돌보고, 자녀는 부모를 공경하는 게 상식이다. 그런데 부모가 자녀에게 매일 폭력을 행사하고, 그들의 자유를 박탈하고, 인권을 유린한다면 부모라고 할 수 있을까?

반대로 그런 부모에 맞서 자녀들이 저항한다면, 그 가족을 온전하다고 할 수 있을까? 가족이라는 말을 붙인다는 게 어불성설이 될 것이다. 이런 상태에서 가족은 존재하지 않는다. 부모라고 할 수 없고, 자녀라고 할 수 없다.

국가가 국민을 향해 총을 쐈다. 탱크를 몰고 가 밀어버리려 한다. 그래도 부모라면, 자녀의 불순종을 한 번 정도 봐줄 수 있는데, 국가는 그렇게 하지 않았다. 다시 저항할 것을 대비해, 그 싹을 짓밟아 으깨 놓았다. 그것도 부족해서 뿌리마저 송두리째 뽑아 버리려 했다. 이보다 앞선 시기, 박정희의 경호실장은 "캄보디아에서는 이백만 명도 더 죽였습니다. 우리가 그렇게 못 할 이유가 없습니다"라고 말하기까지 했다.

이들은 국민을 사람으로 본 게 아니다. 이들은 국가 존재 이유를 묻지 않았다. 그들은 권력을 위해, 그 어떤 일이라도 할 사람들이었다. 국민을 보호해야 할 정부와 군인이 오히려 국민을 향해 발포한다. "너희들이 적"이라고⋯.

이제 국가도 없다. 그렇기에 저항은 당연하며, 아무리 저항의 뿌리를 뽑으려 해도, 뿌리는 계속 생명력을 유지한다. 총칼의 겁박이 조금만 느슨해지면, 뿌리는 다시 살아나고 싹을 틔우고 줄기를 키워낸다. 그러나 그 시간이 너무나 길었다. 다시 국가의 모습을 찾기까지 30년의 세월이 필요했다. 작가는 이 기간을 등장인물의 입을 빌어 말한다.

> *"저는 그 폭력의 경험을, 열흘이란 짧은 항쟁 기간으로 국한할 수 없다고 생각합니다. 체르노빌의 피폭이 지나간 것이 아니라 몇 십 년에 걸쳐 계속되고 있는 것과 같습니다."*

작가는 벨라루스의 작가 스베틀라나 알렉세예비치_2015년 「노벨문학상」 수상 작가_의 『체르노빌의 목소리』에서 영감을 얻은 게 확실하다. 원전 사고로 인해 평생,

다음 세대에까지 이어 고통받는 자들의 목소리를, 광주 출신인 작가는 1980년 이후의 고통으로 대입시켰다. 대한민국의 군정기를 구소련의 가짜 국가 놀이에 비유한 것이다.

인간의 본성에 관한 질문

이 질문에 명쾌한 답을 내리긴 힘들다. 한나 아렌트의 『예루살렘의 아이히만』을 떠올려 보자. 그는 다정한 아빠였고, 그럭저럭 괜찮은 이웃이었다. 그러나 그의 직업은 인종 청소였다. 어떻게 하면 더 많은 사람을 효율적으로 죽일 수 있는지 연구했다. 그는 변명했다. 단지 상부의 명령이었다고.

아렌트는 '악의 평범성'을 아이히만을 통해서 보여줬다. 다시 말해서, 사람이 사고를 하지 않는다면, 옳고 그름을 판단하지 않는다면, 언제라도 악인이 될 수 있음을 보여줬다.

2017년에 「노벨문학상」을 수상한 마리오 바르가스 요사도 『판탈레온과 특별봉사대』에서 상부의 명령에

철저하게 움직이는 한 장교를 통해, 생각하지 않는 인간의 잔인성과 순응성을 보여줬다. 한강은 우리가 근현대사의 암울한 시대를 지났어도 여전히 유효한 몇 가지 질문을 던진다.

"그러니까 인간은, 근본적으로 잔인한 존재인 것입니까? 우리들은 단지 보편적인 경험을 한 것뿐입니까? 우리는 존엄하다는 착각 속에 살고 있을 뿐, 언제든 아무것도 아닌 것, 벌레, 짐승, 고름과 진물의 덩어리로 변할 수 있는 겁니까? 굴욕당하고 훼손되고 살해되는 것, 그것이 역사 속에서 증명된 인간의 본질입니까?"

이 질문에 답은 이미 정리되어 있다. 인간은 합리적이지 못하다. 그래서 인간은 끊임없이 스스로 사고하지 않으면 누구나 꼭두각시가 될 수 있다. 성선설, 성악설로 명쾌하게 나눌 수 있는 게 아니라, 인간이 사고를 멈추면, 누구나 악인이 될 수 있고, 누구나 잔인하게 변할 수 있다. 그리고 변명하며 스스로 면죄부를 준다.

"내가 한 게 아니라고. 난 명령에 따랐을 뿐이라고."

양심, 인간의 마지막 보루

작가는 국가의 존재에 의문을 품었고, 인간 본성의 잔인함에 치를 떨었다. 원래 작품은 그렇게 끝났어야 한다. 굳이 해답을 제시하지 않아도 됐다. 그러나 작가는 소망을 품고 싶었다.

"양심
그래요, 양심
세상에서 제일 무서운 게 그겁니다."

양심은 인간이 가질 수 있는 '무엇'이다. 양심이 있어야 죄책감이 생기고, 고마움을 느끼고, 미안함도 느끼고 과거를 반성할 수 있다. 그 양심은 단편적 교육에서 오는 게 아니다. 양심은 인간에 대한 고찰이다. 계속해서 반복되는 '인간이란 무엇인가?'라는 질문에 대한 고민이다.

총과 칼을 쥐고 있는 군인들을 향해 선량한 시민을 폭도라고 왜곡하여 기꺼이 폭력을 행사해도 된다는 명령을 내렸을 때, 양심은 말한다. "저들은 시민이다. 군인은 저들을 보호해야 하는 책임이 있다"는 양심의 소리를 들었다면, 수백 명의 광주 시민은 죽지 않았을 것이고 유가족의 슬픔도 없었을 것이다. 그러면 대한민국이 지금까지 동서로 나뉘지 않았을지 모른다. 이 모든 것은 추정일 뿐이다. 또 다른 명령이 인간의 사고를 마비시켜 시비를 따지지 못하게 했을지 모른다.

> *"선생은 압니까, 자신이 완전하게 깨끗하고 선한 존재가 되었다는 느낌이 얼마나 강렬한 것인지. 양심이라는 눈부시게 깨끗한 보석이 내 이마에 들어와 박힌 것 같은 순간의 광휘를."*

작가는 인간의 조건에 양심이라는 보석, 보석이 우리 머릿속에 박혀서 빛나기를 기대한다.

덧붙여서

작품은 대한민국 근현대사의 암울했던 시기를 다뤘다. 그런데, 현재는 다른가? 우리는 덜 비호감 대통령, 덜 비호감 국회의원을 선출하기 시작했다. 뭔가 잘해줄 거 같은 사람을 내 손으로 선택한 게 아니라,

덜 못할 것 같은 자들을 우리의 대표로 뽑기 시작한 것이다. 이쯤 되면, 정치권력 개편, 혹은 혁명이 일어나야 하지 않을까?

그러나 혁명은 일어나지 않는다. 너무 많은 것을 누리고 살고, 그 가운데서 더 잘 살 거라는 멘트에 현혹되기 때문이다. 부자가 타고 다니는 외제차를 부러워하면서, 나도 탈 수 있다는 막연한 희망을 품는다. 그래서 남는 건 신용불량이고. 무소불위해 보이는 5년 권력은 무책임함을 남발했다.

언제부터 정치는 복수를 위한 도구가 됐다. 상생과 공생을 위한 협치가 아닌, 나를 제외한 나머지를 파멸시키려 하는 총칼이 되어 버렸다. 암울한 30년을 지나, 또 다른 암울한 시기를 국민은 견디고 있다.

과거에는 자유와 민주화를 위해 일어났던 민중이 이제는 편리와 더 잘 수 있다는 망상에 사로잡혀 그대로 눌러 앉아있다. 현세대의 양심의 소리가 어느 시점에 확성기를 통해 전달될 것인지, 아니면 이대로 대한민국의 제2의 암흑기를 맞이할 것인지는 모르겠다. 그러나 분명한 것은 양심의 소리가 퍼지지 않으면, 암흑기는 더 오래갈 것이다.

작가 한강 읽어보기③

삶은 누구에게도
특별히 호의적이지 않아

2016년 장편소설 「흰」

백의의 민족이라는 말이 있었다. 흰색을 좋아하는 한민족을 상징하는 말이었다. 어릴 때, 백의의 민족이라는 말을 들으면, 나는 항상 태극기를 떠올렸다. 태극기는 흰색 바탕에, 검정색, 붉은색, 푸른색이 섞여 있었다. 백의의 민족이라면, 국가를 상징하는 국기에 흰색이 더 많이 칠해져 있어야 하는 거 아닐까 의문을 품었다. 물론 의문은 입 밖으로 나오지 않았다. 혹, 누구한테 이 말을 했어도 이해하지 못했을 거니까.

작가는 깨끗한 백의의 민족을 생각한 거 같다. 흰색은 곧 한恨을 상징하기도 한다. 아무것도 없는 무채색 바탕에 점이라도 찍으면 바로 티가 나는 깨끗한 도화지, 그렇기에 누군가 이 여백에 좋은 그림을 그려 주기 바란다. 그러나 현실은 아름다운 수묵화보다는 네온사인 무지개 빛의 점을 찍어 버린다.

『흰』은 줄거리를 요약하기 힘들다. 작가는 단어를 가지고 이야기를 서술했다. 그 이야기는 평범하지만, 슬픔, 아픔, 괴로움을 담고 있다. 굳이 왜 이런 한의 정서를 표현했을까 질문을 던져보지만, 알 수 없다.

작가는 세상을 즐거운 눈으로 보고 있지 않다. 죽음을 덤덤하게, 하지만 독자가 읽었을 때는 그 아픔이 잔잔하면서도 깊숙하게 전달되도록 담담하게 쓴다.

"스물여섯 살 난 남편은 어제 태어났던 아기를 묻으러 삽을 들고 뒷산으로 갔다."

아내는 스물세 살이었다. 부모도 어리지만, 태어난 아이는 하루살이처럼 하루를 살다가 또 다른 세상으로 소멸한다. 작품은 비장미가 없다. 그냥 일반적 삶을 절제된 언어로 표현한다. 차라리 슬픈 상황에 과도하게 몰입할 수 있는 언어로 표현했다면, 그 문장을 보고 독자는 눈물을 흘렸을 수도 있다. 그러나 작가는 독자가 바로 눈물을 흘리는 모습을 상상이라도 한 듯, 고개를 저으며 그렇게 할 수 없다는 듯이 서술한다.

"지금 이 순간도 그 위태로움을 나는 느낀다. 아직 살아보지 않은 시간 속으로, 쓰지 않은 책 속으로 무모하게 걸어간다."

이 문장을 읽으면서 우리는 슬픔, 아픔, 괴로움을

느낄 수 없다. 그래서 눈물도 흘리지 못한다. 작가는 인생을 무모하다고 말한다. 죽음과 삶의 경계를 계속 나누면서 작품은 아슬아슬한 줄타기를 하고 있다.

"하늘과 땅의 경계가 사라졌다."

하늘은 정신이고 땅은 육체일까? 작가는 삶과 죽음을 단순하게 이분법적으로 구분하려 했을까? 이런 오해를 막기 위해서 작가는 '경계가 사라졌다'라고 말한다.

죽음이 맴도는 자리

작가는 그래도 삶의 의지를 보여준다. 삶과 죽음의 경계선 사이에서 그래도 삶 쪽으로 조금 기울어져 있다.

"죽지 마. 죽지 마라 제발."

죽음 앞에 선 인간의 절규는 삶의 의지다. 단 하루밖에 살지 못한 자식의 비통한 죽음에도 부모는 죽지 마라고 소리친다. 죽음을 다루는 글은 우울할 수밖에 없다. 작가의 작품을 계속 읽다보면 어느새 마음이 무거워지고, 머릿속은 죽음이 맴돈다.

작가는 죽으라는 말을 하지 않는다. 오히려 살라고 말하는데도, 왠지 억척스러운 삶의 의지가 죽음을 일상화해 버린다. 삶과 다른 게 아니라 항상 같이 있는 것이라고 표현한다. 그런데도 죽음이 주는 무거움을 독자는 활자를 좇아가면서 느낄 수밖에 없다. 담담하게 속삭이는 듯한 작가의 마성에 독자는 작품을 다 읽었을 때쯤에는 내용과 관계없이, 책을 덮고 힘겹게 자리에서 일어선다.

왜 무거워야 할까?

왜 작가는 무거운 주제를 다루고, 더 무거운 표현으로 독자를 힘들게 하는가 질문을 던져본다. 고대 그리스 철학자 아리스토텔레스는 그의 책 『시론』에서 '카타르시스'를 말한다. 작품을 통해 느끼는 감동과 전율, 해소 등을 의미하는 말인데, 카타르시스는 주로 웃음을 주는 희극이 아니라 비통감을 주는 비극에서 더 크다고 말한다. 행복에 겨운 마음은 한 번의 웃음으로 끝나지만, 비통, 애통, 슬픔, 괴로움 등은 그 여운이 더 크며, 그 감정들이 해소될 때 느끼는 카타르시스가 훨씬 더 크다는 게 오래전 철학자의 주장이다.

실제로 드라마나 영화를 볼 때도 그렇다. 즐거움과 웃음만 잔뜩 담겨진 콘텐츠는, 볼 때는 즐겁지만 기억에 남는 건 거의 없다. 그러나 슬픈 드라마나 영화를 보면 그 아픔이 시청자에게 고스란히 전달되고, 작품 속 인물에 그대로 몰입하게 된다. 작가의 작품은 카타르시스를 느끼게 하기에는 해소되는 부분이 없다. 그저 슬픔, 괴로움, 아픔에 몰입되었다가 깨어나지 못하고 그대로 그 느낌을 일상에 가져간다.

많은 사람이 『채식주의자』를 기분 좋게 손에 쥐고 읽었다가 낭패를 봤다고 한다. 조금 심하게 말하면, 거부감이 들었다고 말하기도 하고, 더 심하게는 구역질이 났다는 사람도 있었다. 어찌 보면, 글일 뿐이다. 그저 창작물이다. 작가의 경험이 반영되었을 수도 있지만, 얼마만큼 경험이 녹아들었지는 모른다. 그렇다고 하더라도 읽는 독자와는 상관없는 경험인데도 독자들의 반응이 좋지 않았다. 바로 이게 작품의 힘이다.

한강이라는 작가의 힘은 활자로, 독자의 격한 반응, 충격 등을 끄집어내는 데 있다. 작가는 아리스토텔레스의 카타르시스를 독자가 경험하지 못하도록 서서히 페이드 어웨이 한다. 글을 멈춘다. 그래서 작품에서 우리는 어떤 해결도 기대할 수 없다. 어떤 것도 해소되지 않는다. 그래서 뻔한 결과라도 보고 싶은 독자들에게 어려운 마음이 들게 한다. 그리고 이런 글쓰기는 최근 「노벨문학상」 수상자들이 보여주는 의도적 글쓰기와 차이가 없다.

"영원을 우리가 가질 수 없다는 사실만이 위안이 되었던 시간 따위는 없었던 것처럼."

『흰』에서 가장 좋아하는 구절을 고르라면 필자는 위 소제목의 문장을 선택할 것이다. '시간'의 반대말이 뭐라고 생각하는가? 답은 '영원'이다. 시간은 우리가 인지할 수 있는 흐름이다. 그러나 영원은 시간이 아니다. 인지할 수도 없고, 결코 도달할 수도 없다.

작가는 '영원을 가질 수 없다'라고 말한다. 왜? 다 죽으니까. 그런데 영원을 가질 수 없는 사람은 누구인가? '우리'다. 여기서 말하는 '우리'는 모든 사람을 말한다. 삶의 년수는 달라도 죽음에 이르는 건 모두 같다. 작가는 모두 같기에 위안이었다고 말한다. 여기서 마침표를 찍었다면, 우리는 작은 카타르시스를 느꼈을지도 모른다. 그러나 작가는 그렇게 내버려 두지 않았다. 그런 위안이 되었던 '시간 따위'는 없었다고 말한다. 유한한 시간 속에서 개인의 삶은 다름을 의미한다.

'흰'은 한이자, 어쩔 수 없이 더렵혀지는 백지와 같다. 아마 깨끗하면 깨끗할수록 더 조심해야 하고, 원상태를 유지하기 힘들 것이다. 그러다가 더렵혀지면, 어느새 순백을 포기하고 먼지 묻은 게 평범한 것인양, 살아가게 된다. 시간 속 '흰'은 우리나라의 아픈 역사가 된다. 거대 권력에 저항하는 민중의 삶, 그 삶이 지금은 평범한 대중의 삶으로 변질되었다. 아픔을 기억하고, 부당함에 저항했던 민중은 죽음을 망각한

채 오늘만의 행복을 추구하는 속물로 살기로 결정했
다.

영원하지 못하기에 모두 같다고 생각했던 인간이,
이제는 유한한 시간 속에 특별하게 살기로 선언한다.
평범한 언어로 쓴다면, 달라졌다고 말할 수 있지만
작가는 틀렸다고 말한다. 그래서 독자는 한강을 읽으
면 우울할 수밖에 없다. 내가 걸어가는 길이, 혹은 삶
의 방식이 틀렸다고 말한다. 그러면서도 답을 주지
않는다. 틀렸는데, 그 문제의 해결을 독자에게 짐 지
워 버린다.

작가 한강 읽어보기④

소멸해 가는 이데아

2011년 장편소설 「희랍어 시간」

세 인물이 등장한다. 한 사람은 이혼녀이자, 작가이자 강사다. 그리고 점점 시력을 잃어가는 남자가 등장한다. 이 사람은 희랍어 강사이다. 또 다른 한 사람은 말을 잘 못하는 희랍어 수강생이다. 세 인물 모두 부족한 사람들이다.

가장 먼저 등장하는 작가는 한강이라는 생각이 든다. 그리고 나머지 두 인물은 작가가 창조한 인물들이다. 세 인물을 통해 작가는 연결되지 않은 듯하면서도 굳이 나눠지지도 않는 이야기를 전개한다. 작가의 실험정신일까? 내레이션하듯 자신의 이야기를 쓰면서, 주인공들의 이야기를 전개한다.

한 가지 질문이 생긴다. 왜 희랍어였을까? 답을 찾아보자.

"동기가 어떻든, 희랍어를 배우는 사람들에게는 얼마간의 공통점이 있습니다. 걸음걸이와 말의 속력이 대체로 느리고, 감정을 잘 드러내지 않습니다."

희랍어는 배우기 힘든 언어다. 배운다고 하더라도 거의 쓸모가 없는 언어다. 거의 사용하지도 않고, 어려워서 원전을 읽는 학자들이나 배울만한 가치가 있는 언어다. 그리고 희랍어는 천천히 배워야만 한다. 천재가 아닌 한 빨리 배울 수 없는 언어이다.

이런 언어를 배우기 위해서는 우선, 시간이 있어야 한다. 급하게 돌아가는 세상에서 이렇게 천천히 배우는, 더욱이 쓸모없는 언어를 배운다는 것은 그만큼 시간이 많다는 의미, 혹은 충분한 여유가 있다는 것이다. 적어도 심적 여유가 있는 사람이다. 다른 말로, 욕심이 없는 사람이거나 가진 게 없는 사람을 의미할 수도 있다. 이런 언어를 배우는 사람이 감정을 드러낼 이유가 없다. 성낼 필요가 없고 즐거워할 이유도 없다. 사회적으로 두드러지는 사람들이 아닐 테니까.

소멸의 이데아를 찾아서

희랍어는 고대 그리스의 언어이다. 우리는 그리스를 떠올리면 소크라테스를 떠올리고, 철학의 아버지라고 할 수 있는 플라톤을 생각한다. 화이트 헤드라는 현대 철학자는 "모든 서양 철학은 플라톤 철학의 각주"라고 말해서 플라톤의 위대함을 찬양하기도 했다.

이에 맞설 수 있는 철학자는 그의 제자 아리스토텔레스 정도인데, 그조차도 스승의 벽을 넘지 못했다는 게 많은 전문가들의 생각이다.

플라톤 철학의 키워드는 '이데아'다. 플라톤의 대표작 중 하나인 『국가』에서 이데아를 소개하는데, "이데아를 실재_實在라고 말한다. 아름다운 것들의 실재이고, "우리가 보는 현상은 거짓"이라고 말한다. 조금 부연하면 "진짜는 이데아뿐"이라는 게 플라톤의 생각이다.

그러나 작가는 "만일 소멸의 이데아가 존재한다고 가정한다면 말이야… 그건 깨끗하고 선하고 숭고한 소멸 아닐까?"라고 말한다. 고대 그리스 철학이 세계의 철학이었던 시절, 이데아는 실재였다. 그러나 현대에서 희랍 세계, 희랍 언어는 소멸의 세계이자, 소멸의 언어인 셈이다. 플라톤의 철학을 그대로 적용하면, '소멸의 이데아'도 존재할 수 있다. 사라지는 것의 이데아는 아주 잘 사라지는 것을 말하는 것일 수 있다. 작가의 말처럼 '깨끗하고 숭고한 소멸'이다.

다시 작품의 인물들을 보자. 희랍어를 배우는 사람들은 존재감이 없는 사람들이다. 가르치는 사람은 서서히 시각을 잃어가고 있다. 배우는 사람은 이미 말을 잃었다. 종종 등장해서 독백하는 작가는 아이를 잃었고 자존감을 잃었다. 이들의 소멸은 깨끗하고, 선하고 숭고한가? 작가의 질문이다.

　　이데아는 아름다운 것, 실재하는 것이라면 소멸하는 것의 이데아도 그래야 하는 거 아니냐고? 그런데 현실이 그렇냐고? 작품 중 시력을 잃어가는 희랍어 강사는 자신의 시력이 좋지 않고 점점 좋아지지 않고 있는 사실을 알리지 말아 주기 바란다.

　　"누구에게도 알리지 말아 주셨으면 합니다 라고 그는 말하고 싶었을 것이다. 그녀에게는 의미 없는 부탁이라는 것을 곧 깨달았을 것이다."

　　그러나 말 못 하는 여자는 어차피 누구에게 알리지 못한다. 이미 소멸 중인 이들의 시력과 언어는 도대체 어떤 아름다움이 있는 것일까?

세상이 실재가 아니라서, 세상은 아름답지 않다

작가가 보는 세상은 결코 아름답지 않다. 이데아를 언급한 순간부터 세상은 거짓이 된다. 그런데, 이데아를 추구하고 지향하기도 어렵다. 플라톤은 『국가』에 동굴의 우화를 넣었다. '그림자 세상'에서 살다가 우연히 '진짜 세상'에 나간 사람이 다시 동굴로 돌아가 진리를 이야기했을 때, 아무도 그를 믿지 않았다는 이야기 말이다. '진짜 세상'에 대한 이야기는 그의 스승 소크라테스가 했고, 성경에서는 예수가 했다. 이 둘의 진리에 대한 가르침에 작가는 소심하게 저항한다.

> "이 세계에는 악과 고통이 있고, 거기 희생되는 무고한 사람들이 있다. 신이 선하지만 그것을 바로잡을 수 없다면 그는 무능한 존재이다. 신이 선하지 않고 다만 전능하며 그것을 바로잡지 않는다면 그는 악한 존재이다. 신이 선하지도, 전능하지도 않다면 그를 신이라고 부를 수 없다. 그러므로 선하고 전능한 신이란 성립 불가능한 오류다."

신에 대한 부정은 곧, 이데아에 대한 포기일 수 있다. 아무리 선한 것을 추구해도 그 선한 것 이전에

맞닥뜨리는 것은 악과 고통이며, 그 가운데 무고한
사람이 희생된다. 지금도 아프리카에서는 7초에 1명
이 굶어 죽고, 러시아-우크라이나 전쟁은 몇 년째 계
속되고 있다. 중동에서도 이스라엘과 아랍의 전쟁이
연이어 발발하고, 수많은 희생자를 낳고 있다. 정작
전쟁을 선동해서 일으킨 사람들은 버젓이 잘 먹고 잘
살고 있는데, 그러지 않아도 삶이 힘든 사람들이 더
힘들어지고, 죽음을 맞이하고 있는 게 현실이다.

　군이 해외의 상황을 보지 않아도 된다. 대한민국의
현실도 만만치 않다. 법이 있는 것인지, 양심이 있는
것인지, 도대체 저런 사람들을 왜 우리 손으로 대표
라는 직함을 주고 선출해야만 하는 것인지, 도대체
알 수 없다. 작가는 신의 성립을 부정했다. 선하지도
않고 전능하지도 않다면, 신이 아니라고 주장한다. 이
말은 이데아는 환상이며, 오히려 거짓이라는 방증이기
도 하다. 현실이 실재며, 그곳의 고통과 애환이 진짜
라는 것이다.

'0'으로 나아감

마지막 장의 제목이 '0'이다. 0은 아무것도 없다는 의미다. 그런데 0은 존재한다. 어쩌면 존재의 시작은 0에서 시작할지도 모른다.

유럽에 가서 엘리베이터를 타면, 0층이 존재한다. 한국에서는 1층부터 시작하지만, 그들은 0에서 시작한다. 논리적으로는 서양이 맞다. 0에서 1로 향하는 거리가 있으니, 당연히 모든 시작은 0에서 시작해야 한다. 우리 생각에는 0은 '무無'이지만, 서양 사람들은 0은 '시작'이고, 0이 없으면 어떤 숫자도 올리지 못한다고 생각한다.

두 주인공은 시력을 잃고, 말을 못 한다. 이들은 0이 아니라 마이너스(-)다. 그런데, 둘이 연합하면 한 사람은 말할 수 있고, 다른 사람은 볼 수 있기에 0으로 나아갈 수 있다. 건물로 표현하면, 지하에서 0으로 올라가는 것이다.

실제로 둘을 연결해 주는 장면은 어두운 지하에서 이루어졌다. 작가가 두 사람의 만남을 0으로 향하는 길로 생각했기 때문이다. 한강의 작품 중에서 이 정도로 긍정적인 작품이 있었을까 하는 생각이 든다. 둘이 연합하면 0이 될 수 있다는 긍정적인 전개. 그러나 작품은 그렇게 단순하게 긍정의 호흡을 내뱉고 있진 않다.

"끈질기게, 더 깊게 숨을 들이마셨다 내쉰다. 마침내 첫 음절을 발음하는 순간, 힘주어 눈을 감았다 뜬다. 눈을 뜨면 모든 것이 사라져 있을 것을 각오하듯이."

끈질기게 숨을 쉰다는 의미는 산다는 의미다. 현실이 어떻든 일단 살아 낸다는 각오다. 그리고 나서, 첫 음절을 발음한다는 의미는 선언이다. "나는 살겠다"는, 혹은 내가 추구하는 이상에 대한 선포이다. 그러나 이런 삶의 의지와 용기는 눈을 떴을 때는 사라져 있을 수 있다. 완벽한 니힐리즘은 아니지만, 허무함을 감당할 용기가 있어야 눈을 뜰 수 있다. 아무것도 볼 수 없는 상태에서 지르는 소리는 방향성이 없다. 그러나 눈을 뜨고 전달하는 소리는 방향이 명확하다. 삶의 방향은 이데아를 향해 나아갈 수도 있고, 그렇지 않을 수도 있다.

물론, 작가는 이데아를 소멸하는 것으로 본다. 그게 희랍어다. 희랍어 시간은 서서히 더 소멸하는 시간을 의미하는 것은 아닐까? 한강은 역사의 아픔과 슬픔, 잔혹성에 현대인의 허무감을 표현한 게 아닐까? 점점 이데아를 잃어가는 현세대의 비극을 다루고 싶었던 것은 아닐까?

실재인가? 환상인가?

2021년 장편소설 『작별하지 않는다』

경하가 등장한다. 그리고 그녀의 친구 인선이 연락한다. 병원으로 빨리 와 달라는 이유로. 급히 도착한 경하는 인선의 안위를 걱정하며 등장한다. 작업 중 손가락 두 개가 절단된 인선이 제주에서부터 육지로 와 봉합수술을 받은 것이다. 그러고서 하는 말이 자신의 아픔이 문제가 아니라, 먹을 걸 주지 못해 죽어가고 있는 앵무새를 걱정한다. 오늘 중으로 도착하면 앵무새는 살 수 있을 거라고 하면서.

경하는 인선의 부탁을 들어주려고 제주로 향한다. 눈보라가 치고, 눈으로 쌓인 길을 걷고. 결국 도착하지만, 죽어있는 앵무새를 본다. 이후 경하가 경험한 이야기는 실재와 환상을 오간다. 과거 회상, 그리고 인선의 작품 활동 등에 이야기가 전개된다. 제주의 비극, 빨갱이를 모조리 소멸하기로 한 제주 4·3사건에 대한 잔혹극을 독자에게 전달한다.

그대로 기억하자!

『소년이 온다』는 "소년을 기억하자!"라는 말의 다른 표현이라고 했다. 『작별하지 않는다』는 문자 그대로의 표현이다. 제주의 비극을 떠나보내지 않는다, 잊지 않는다는 말이다. 그러나 모든 기억에서 완벽한 종합은 있을 수 없다. 흩어진 조각조각의 기억들이 사람의 뇌 속에서 선택되어 맞춰질 뿐이다. 우리는 이런 인간의 성향을 '편견_bias'이라고 한다.

작가는 제주 4·3사건을 되살리고 있다. 다양한 자료를 통해 당시 말도 안 되는 상황을 보여준다. 국가가 국민을 죽이고 고문하는 만행을 저지른다. 도대체 국가가 무엇이기에 그토록 많은 국민을 살해할 수 있는 정당성을 부여받은 것일까?

100번 양보해서 빨갱이 집단이 있다고 하자. 그래도 그들을 죽이고, 소멸할 명분과 정당성이 국가에 있었을까? 물론, 이런 만행에 대한 집단의 동조는 더 무섭다. 작품 속에는 숨겨주는 이웃도 있지만, 그렇지 않은 사람도 많았다. 더 황당한 것은 일제강점기 때, 일제에 동조해서 민족을 괴롭혔던 사람들이 다시 활개쳤다는 점이다.

"일제 때 부역하던 고등계 형사들이 그대로 남아 해방

전에 하던 대로 고문을 한다고."

고문을 해도 시원찮을 매국노가 다시 득세한다. 바로 그 비극이 지금까지 그대로 이어져 왔다. 이제 세월이 더 흘러, 매국노의 자손이 득세하는 시대가 됐다. 그들의 득세를 막을 방법이 없다. 그냥 두고 볼 뿐이다. 작가는 이런 사실을 기억하자고 말한다. 잊으면 안 된다고 계속 독자들을 다그친다.

"인생과 화해하지 않았지만 다시 살아야 했다"

인생이 뭘까? 나는 자연스럽게 사고한다. 그래서 존재한다는 것을 안다. 프랑스의 철학자 데카르트가 한 말이다. 내 인생의 주인이 나인가? 그래서 사고의 주인공도 나라고 할 수 있을까?

아마, 이 말에 동의하는 사람은 없을 듯하다. 인생은 내 멋대로 할 수 있는 게 거의 없다. 나는 내가 원해서 태어난 게 아니다. 내가 원하는 곳에서 태어난 것도 아니다. 내 부모를 내가 선택할 수도 없었다. 이미 태어난 순간, 내 인생이 아니다. 아무리 발버둥

쳐도 나에게 주어진 인생의 수레는 정해진 대로 굴러 간다.

1947년부터 1954년까지 제주에 살았던 사람들은 그들이 원해서 그곳에 있었던 게 아니다. 그리고 그 렇게 두들겨 맞고, 고문당하고, 살해당하기 위해서 태 어나서 산 게 아니다. 작가는 이런 인생과의 화해를 거부한다. 화해할 수 없을 것이다. 내가 원하지 않았 는데, 어떻게 이해하고 받아들일 수 있을까?

그러나 "다시 살아야 했다"고 말한다. 이 말에는 두 가지 의미가 담겨 있다. 살고 싶어서 사는 게 아 니라, 어쩔 수 없이 산다는 의미, 죽어가는 내 부모, 내 형제들을 봤는데 그런 잔혹한 장면을 지켜본 사람 중에 살고 싶은 사람이 몇이나 될까? 그런데도 죽지 못하기에 살아가는 것이다. 다른 의미는 능동적 의미 로 꼭 살아야겠다는 의지다. 다른 사람의 죽음을 그 대로 받아들이고, 그 죽음의 부당함을 전하겠다는, 혹 은 그런 만행을 기억하겠다는 의지이다.

"작별"이란 제목의 소설을 썼었다. 진눈깨비 속에 녹아

서 사라지는 눈-여자의 이야기였다. 하지만 그게 정말 마지막 인사일 순 없다."

작별은 멀어져 가고, 보지 않는 것이다. 어쩌면, 지난 과거는 현재와 미래를 위해서 잊어야 하는 것인지도 모른다. 좋지 않은 기억은 잊어야 한다. 그래야 앞으로 나갈 수 있다. 대개는 그렇게 설명하고, 틀리지 않는 말이다. 그러나 작가는 '작별하지 않는다'라고 고쳐 쓴다. 과거의 아픔을 직면하겠다는 의지를 보여준다.

20년도 더 된 이야기다. 실연의 아픔을 잊기 위해, 나는 연인과 행복했던 추억이 있었던 자리를 일부러 찾았다. 그러고 나서 웃고, 울기도 했다. 이후 나는 다른 사람을 만날 수도 있었고, 전 연인과 함께했던 자리를 다른 연인과 같이 올 수도 있었다. 트라우마는 어쩌면 피하는 게 상책이 아닐 수 있다. 오히려 직면할 때, 소멸하는 언어인지도 모른다. 사실, 인간을 해할 수 있는 것은 다른 동물이나, 자연이 아니다. 대부분 인간이 만든 물건이 인간을 더 쉽게 해한다.

"생명이 얼마나 약한 것인지 그때 실감했다. 저 살과 장기와 뼈와 목숨 들이 얼마나 쉽게 부서지고 끊어져 버릴 가능성을 품고 있는지."

총알 한 발이면, 10명을 죽일 수 있다. 총칼 앞에 대항하는 인간의 무기력함과 나약함, 그런데 그런 총칼 앞에서 당당히 직면할 수 있는 존재가 바로 인간이다. 인생은 비록 내가 원하는 대로 펼쳐지지 않지만, 그 인생이 굴레에 올라탈 수 있는 존재도 인간이다.

"얼마나 아팠을까?"

"총에 맞고,
몽둥이에 맞고,
칼에 베어 죽은 사람들 말이야.
얼마나 아팠을까?
손가락 두 개가 잘린 게 이만큼 아픈데.
그렇게 죽은 사람들 말이야, 목숨이 끊어질 정도로
몸 어딘가가 뚫리고 잘려나간 사람들 말이야."

인선은 잘려 나갔다가 봉합 중인 손가락 두 개의

아픔을 느끼며, '몸 어딘가가 뚫리고 잘려나간 사람들'의 고통을 생각해 본다. 육체적 아픔이 다일까? 무고하게 죽어 간 사람들의 가족과 지인들의 아픔은 얼마나 클까? 내 아버지, 어머니, 형, 누나, 동생이 소멸했다. 어느 순간 나는 고아가 되고, 과부가 되고, 혼자가 된다. 사랑했던 사람들이 사라졌다. 육체적 아픔은 진통제를 먹으면 된다. 시간이 지나면, 아물고 새살이 돋는다. 그러나 가족을 잃은 슬픔은 하루아침에 사라지지 않는다. 평생의 고통이다.

"학살과 고문에 대해 쓰기로 마음먹었으면서, 언젠가 고통을 뿌리칠 수 있을 거라고, 모든 흔적들을 손쉽게 여읠 수 있을 거라고, 어떻게 나는 그토록 순진하게-뻔뻔스럽게 바라고 있었던 것일까?"

고통을 쉽게 잊을 수 있다면, 얼마나 좋을까? 그러나 상실의 아픔은 그렇게 쉽게 지워지지 않는다. 내 앞에서 죽어간 아버지, 어머니, 형, 누나, 동생을 잊을 수 있을까? 아마 잊었다면, 그 사람은 정신병을 앓고 있을 것이다.

실재와 환상

경하는 인선의 집에 도착했다. 새는 죽었고, 새를 묻었다. 그런데 다음 날 새가 살아났다. 그리고 인선이 그녀 앞에 서 있다. 경하가 인선을 만나 제주로 가서 새를 묻어 준 게 실재일까? 아니면, 경하 앞에 보이는 새와 인선이 실재일까?

"서울에서 내가 받은 문자와 이 섬에서 겪은 모든 것이 망자의 환상이었을 뿐이라고."

작가는 환상이길 바란다. 실재라고 한다면, 너무 괴로운 일이니까. 광주에서는 수백 명이 죽었다. 그리고 그 죽음의 아픔으로 수십 배가 넘는 사람들이 고통 속에 살고 있다. 제주는 만 명이 넘는다. 그리고 죽음으로 가는 과정이 광주보다 더 잔혹하다. 빨갱이를 소멸한다는 이유로 어린아이도 죽었다.

그리고 지금까지도 대한민국은 빨갱이 트라우마로 여전히 새로운 빨갱이를 만들어 댄다. 정작 빨갱이의 상징색이 붉은색인데, 붉은색을 상징으로 하는 당에서 빨갱이를 조작한다. 이런 아이러니 속에 남북은 평행

선을 달리다가 이젠 서로 반대 방향으로 나아간다.

평행선은 조금만 안쪽으로 들어오면, 만날 수 있는 점이 생긴다. 하지만, 밖으로 벌어진 선은 한 점으로 모이기 어렵다. 환상은 바람이다. 새의 부활. 그러나 **실재는 부활이 아니다.** 새는 죽었고, **무덤이 남았을 뿐이다.** 왜 경하는 인선의 문자와 제주행을 환상으로 서술해야 했을까?

그리고 새의 죽음과 부활은 도대체 뭘 의미하는 것일까? "작별하지 않는다"라는 말로 다 설명이 되는 것일까? 우리는 70년도 더 지난 일과 작별해서는 안 된다는 의미일까? 실재는 이미 다 지워져 버린 과거사인데, 그래서 되새겨 보는 일은 환상과 같다는 것일까? 아니면, 실재를 좀 더 과장한 작가 소설에 대한 변명일까? "내 소설은 결국 환상이다"라는 의미를 함축한 것인가?

작가 한강 읽어보기⑥

한강의 작가론

2022년 모음집 『디 에센셜 한강』

한강의 작품을 5편 읽었다. 이번 작품이 6번째다. 권력, 폭력, 저항, 죽음, 슬픔, 애통함, 비통함 등이 안개처럼 깔린 작품들이었다면, 이번 작품은 상대적으로 잔잔한 호수와 같은 작품 모음집이다. 이미 다룬 『희랍어 시간』이 삼분의 이를 차지하고, 두 편의 단편과 시, 산문 등으로 구성되어 있다.

단편은 이전 장편과 같이 쉽게 읽히고 해석되는 작품은 아니다. 그렇다고, 죽음을 상수로 놓고 전개하는 다른 작품과 비교하면, 상대적으로 잔잔하다. 휘몰아치는 죽음과 삶의 경계 속에서 저항, 혹은 무기력하게 쓰러져 가는 인간의 모습을 다룬 게 지난 작품들이었다면, 이번 작품 모음은 저항도, 무기력함도 없다. 그저 인간의 이야기다.

"인생은 아름다운 거야"

한강은 작품 끝에 최인호 작가와의 에피소드를 소중하게 실어 놓았다. 최인호 작가가 한강을 얼마나 아꼈는지는 잘 알 수 없으나, 선배가 후배에게 전하는 조언은 실제적이고 애정 어리다.

*"인생은 아름다운 거야, 강아. 그렇게 생각하지 않니?
나는 그렇게 생각한다. 나는 네가 그걸 알았으면 좋겠
어. 인생은 아름다운 거다. 난 정말 그렇게 생각한다.
내가 그걸 영영 알지 못할까봐, 그게 가장 큰 걱정인
것처럼 그렇게 반복하셨다."*

한강에게 인생은 무엇일까? 소설가에게 아름다움은
무엇일까? 한강은 작가는 작품을 써야 한다고 말한다.

*"이상한 일은 소설을 써갈수록 점점 살게 되었다는 것
이다. 잠드는 시간이 조금씩 늘었고, 차츰 악몽을 덜 꾸
게 되었다."*

천직이라는 말이 있다. 하늘이 내린 직업이라는 의
미다. 한강은 글 쓸 때, 편안해진다. 그런데, 한강은
인생의 아름다움을 느끼면서 사는 것일까? 작가로서
얻을 명예는 다 얻었다. 아시아 최초 「맨부커상」을
받았고, 역시 아시아 최초 여성 「노벨문학상」 작가가
되었다. 여러 가지 이유로 수상자가 됐고, 그래서 비
판도 있지만, 수상자가 됐다는 사실은 바뀌지 않는다.

「노벨문학상」의 힘이었을까? 작가의 책 판매가 100만 부를 돌파했다. 상금과 통장에 찍히는 인세 수준이 과거와 비교할 수 없을 만큼 커졌을 것이다. 이런 부와 명예로 인생의 아름다움을 느낀다면, 한강은 작가가 아닐 것이다. 아마, 작가 한강은 이런 명예를 얻었기에 작품을 더 어렵게 쓸 것이다.

개인적으로는 한강이 5~10년 정도 후에 「노벨문학상」을 받길 바랐다. 더 원숙한 작품, 좀 더 중립적인 입장에서 글을 써주길 바랐다. 아마도 아름다운 인생을 경험하기에는 「노벨문학상」이라는 짐이 장애물이 되지 않을까?

작가의 루틴

"어쨌든 루틴이 돌아온다.
매일 시집과 소설을 한 권씩 읽는다, 문장들의 밀도로 다시 충전되려고."

소설을 쓰는 동안에는 아무것도 할 수 없지만, 그렇지 않을 때 작가의 루틴은 시집과 소설 속으로 들어간다. '문장의 밀도'.

방송 작가 김수현은 드라마 대본 하나를 작성할 때, 방바닥부터 놓아두기 시작한 책이 천장에 닿을 정도로 쌓여간다고 한다. 한 작품을 쓰면서, 다른 책을 읽어야 하는 이유는 계속 문장을 꾸려나가기 위해서다. 글쓰기에 일천한 나조차도 글을 쓰다 막히면 다른 사람의 글을 읽어야, 실마리가 풀린다. 그런 의미에서 작가는 다른 작가의 도움을 받을 수밖에 없다.

"그 모든 소설을 쓴 수천의 사람들은, 수십 년 동안 등신대의 회색 종이 앞에 서서 한 줄씩 점을 뚫었을 것이다. 생존한 사람들은 지금도 그 앞에 서 있을 것이다."

작가의 숙명은 꾸준히 쓰는 일이다. 쓰지 않으면, 작가가 아니니까. 독일의 소설가 토마스 만은 매일 한 장씩, 꾸준히 작품을 썼다고 한다. 그 시간만큼은 세상과 단절되어 글쓰기에 열중했다고 한다. 그러다 보면, 1년에 한 작품은 나온다.

작가에게는 루틴이 있다. 제2의 가브리엘 가르시아 마르케스라 불리는 『연금술사』로 잘 알려진 파울로 코엘료도 한 줄을 쓰기 전에 몇 시간씩 인터넷을 뒤적인다고 한다. 작가도 그 시간에 몇 줄을 더 쓰는 게 낫다는 사실을 알지만, 그렇게 하지 못한다.

작가의 죽음

"작가의 죽음이 무엇을 의미하는지 그때 무섭게 깨달았다. 새 소설의 자료 준비를 끝냈지만, 이제 쓸 일만 남았지만 쓸 수 없다. 머릿속에선 이미 시작되었을 그 책이 영원히 완성되지 않는다."

작가는 글 쓰는 사람이다. 작품을 꾸준히 생산해야 한다. 그렇지 않으면 작가가 아니다. 종종 책 한 권을 내고 개정판을 내면서 작가 생색을 내는 사람들이 있다. 혹은 커리어 난에 한 줄 더 쓰기 위해서 억지로 책을 출간하기도 한다. 우리는 이런 사람들을 작가라고 하지 않는다. 그들은 창작을 위한 목적으로 책을 출간한 게 아니니까.

작가는 계속 써야 한다. 한강은 작가의 죽음을 깨

달았다. 머릿속에 담긴 이야기를 쓰지 못하면 작가로서 죽음을 맞이하는 것이라고. 간혹, 드라마나 영화 속 작가가 노트북 앞에서 한 문장도 못 쓴 채, 머뭇거리다가 마는 장면을 볼 때가 있다. 그는 작가로서 생명을 잃은 것이다.

한 줄도 못 쓰는 이유는 글 쓰는 습관을 잃었기 때문이다. 글 쓰는 걸 잊었다는 것은, 생각하지 않는다는 의미다. 사실, 쉬지 않고 생각한다는 것은 어려운 일이다. 종종 원고를 정리하다 보면, 뇌가 녹아 버릴 것 같은 번아웃 상태에 빠지기도 한다. 그래서 글쓰기가 버거울 때도 있다.

마감의 압박, 만족할 수 없는 문장에 대한 미련 등이 작가의 생각을 멈추게 하고, 노트북 앞에 앉기를 어렵게 만든다. 그러나 작가는 다시 앞에 앉지 않으면 안 된다. 혹여, 그 시간이 길면 길수록 다른 고통이 따른다.

출판업이 호황을 이뤘을 때가 있었다. 출간하는 사람도 많지 않았고, 재판 찍는 일이 어렵지 않았던 시절. 그러나 지금은 수많은 사람이 책을 쓰고, 잘 팔리지 않는다. 누가 읽어주길 바라는 글이 아닌, 자기 경력을 위한 책들이 너무 많다. 물론, 그들도 고뇌에 찬 글을 쓰기도 할 것이다. 그러나 작가라고 할 수 없다. 그들은 글을 쓰지 않아도 고통스럽지 않으니깐. 작가 한강은 이런 고통을 작가의 숙명으로 인식한다. 그리고 이런 고통이 없다면, 이는 마치 그 작가는 죽었다고 말하는 듯하다.

「손 안에 책」 소개

　　도서출판 「딥인사이트」는 개인의 통찰력을 공유하고 확장하는 플랫폼을 지향합니다. 저자와 독자의 지적 교류를 촉진하여, 새로운 아이디어의 탄생과 발전을 도모하고자 합니다. 이보다 더 생각을 넓혀 '국민 저자시대'라는 보다 적극적인 개념을 전하고 있습니다. '국민 저자시대'라는 표현은 모든 이가 잠재적인 저자라는 믿음에서 출발합니다. 전문가뿐만 아니라 일반 시민들도 자신만의 경험과 통찰을 책으로 펴낼 수 있다는 의미입니다. 이를 통해 다양한 관점과 목소리가 출판이라는 행위를 통해 세상을 변화시켜 나갈 거라 기대하고 있습니다.

　　또 '국민 저자시대'라는 개념은 사회 각계 각층의 목소리를 담아내고, 이를 통해 우리 사회가 직면한 복잡한 문제들에 대한 창의적인 해결책을 모색하고자 하는 미래 비전이기도 합니다. 이를 통해 대한민국 사회는 다양성을 존중하며, 서로 다른 관점이 공존하고 발전할 수 있는 지적 생태계로 한층 성숙할 것이라 보고 있습니다. 아울러 다양한 배경을 가진 개인들이 자신의 인사이트를 다른 이들에게 효과적으로 전달할 수 있도록 저자 데뷔를 돕고자 합니다. 저술 경험이 없는 저자라 하더라도 테마선정-기획-집필의 과정을 함께하려 합니다. 저자의 성장환경을 조성하는 과정을 통해 미래 독자들에게 새로운 관점과 경험을 제공하게 하는 계기를 하나씩 만들어 갈 수 있으리라 믿습니다.

　　　「손 안에 책」은 '손 안에 건네는 책'이라는 발상에서 시작한 문고판 출판물로, 저자의 메시지를 독자에게 간결하게 전한다는 의도를 담았습니다. 이는 책을 단순한 지식의 저장소가 아닌, 새로운 아이디어의 출발점으로 보기 때문입니다. 뿐만 아니라 독서는 저자와 독자의 대화면서, 독자들끼리의 활발한 대화라고 보고 있습니다. 유무형의 '독후활동'에 더 많은 가치를 두고 생각한다면, 누군가의 손에 책을 건네는 행위야말로 가장 간결하면서도 강렬한 독후활동이 아닐까요? 한 손에 쏙 들어가는 크기의 소책자 형상을 하는 것도 누군가에게 쉽게 건네는 메시지가 되기 위함입니다.

독자가 저자로 성장하는 여정에서 누구보다 신뢰할 수 있는 동행이 되겠습니다. '국민 저자시대'의 주인공은 바로 여러분입니다.